KB123131

선물처럼
내게로

사랑
이라

이 영애 지음
포엠캘리그라퍼

선물처럼
내게로

사랑이라

혜지연

설레는 떨림

직업을 찾고 꿈을 꾸는 일에 도움을 주는 곳에서 일하고 있다. 어느 날 팀 회의를 마무리하며, 동료들에게 건넨 이야기가 있다.

"누군가가 직업과 꿈을 찾을 수 있도록 돕는 우리도 스스로의 꿈을 찾고 만들어 갈 수 있었으면 합니다. 함께 일하는 이곳이 일터이지만 또 다른 꿈터였으면 좋겠습니다."

나 자신도 일터를 찾는 많은 사람의 모습 속에서 나를 비춰보며 사랑할 수 있는 그 무언가를 찾아 꿈을 이루어 가고 싶다는 갈망이 있었다.

어느 날 손에 잡은 붓을 만나 마음 담은 시를 감성 캘리그라피로 표현하는 나는 행복했다. 시를 쓰고, 캘리그라피로 그 글을 담는 일을 할 때면 한자리에 앉아서 하루를 보내는 날이 힘들지 않았다. 그 시간은 오롯이 나를 만나는 여행이기 때문이다.

.

.

.

우리는 바쁘게 살다 어떤 벽을 마주할 때 자신에게 묻는다.

'인생은 뭘까?'

자신이 사랑하는 그 누구, 그 무엇으로 인해 아픔을 견뎌야 하고 그 누구, 그 무엇으로 만나는 사랑으로 위로를 받고 다시 사랑하는 것이 우리의 인생이지 않을까 한다.

그래서 인생은 '사랑, 아픔, 위로 그리고 다시 사랑'이라 생각한다.

다르지만 어쩌면 같은 인생 안에서 만나는 감정들을 시로 짓고 그 시를 감성 캘리그라피로 표현하였다.

지금 사랑에 빠진 이들에게,

지금 상처로 아파하는 이들에게,

지금 위로가 간절한 이들에게,

지금 다시 사랑할 용기가 필요한 이들에게

깊은 공감이고 따뜻한 위로이고 새로운 용기이길 소망해본다. 사랑했고, 사랑하는, 다시 사랑할 당신에게 선물처럼 마음에 닿을 수 있기를 바란다.

이 책을 여는 문 앞에 선 지금 이 순간 '설레는 떨림'이 있다. '살면서 이런 순간을 얼마나 만날 수 있을까'하는 생각이 물밀듯이 들어온다.

이제는 좋아하는 것을 하는 아니 사랑하는 것을 하는 포엠캘리그라퍼_poemcalligrapher_이영애로 하나, 둘, 셋 꿈을 하나씩 이뤄나가고 싶다.

차례

Part
01

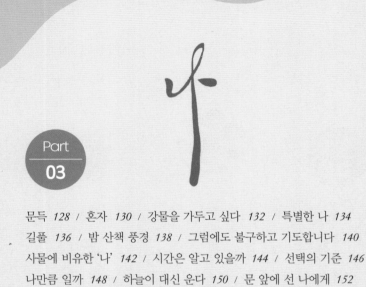

Part
03

전부

당신은
누군가에게 전부입니다

그러기에

당신은
누군가에게 소중한 사람입니다

준비

당신은
누군가에게
전부입니다 ──
그러기에
당신은
누군가에게
소중한 사람입니다 ──

이채 명심당
그림과 쓰다

좋은 이유 세 가지

하나, 그냥

두울, 그냥

세엣, 또 그냥

좋은 이유는 그런 것이다

저녁 하늘이 노을빛으로 물들어가듯
그냥 그렇게

좋은 이유 세가지

하나. 그냥
두울. 그냥
세엣. 또 그냥

좋은 이유는 그런 것이다

저녁하늘이 노을빛으로 물들어가듯
그냥 그렇게

이병철쓰다
그리고 쓴다

하얀 세상
위에서
사랑의
꽃으로
피어난다

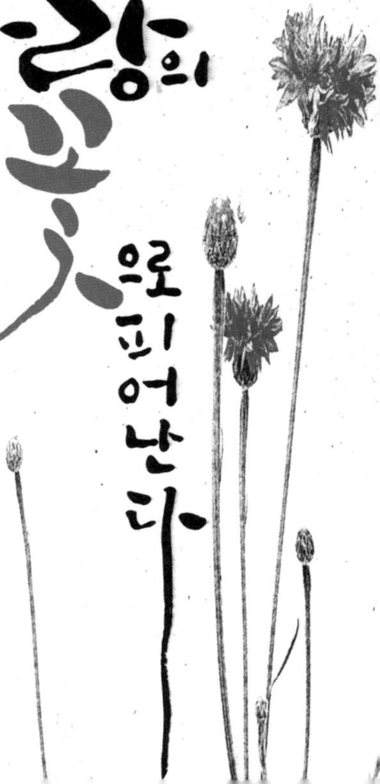

먹물이 흘러

먹물이 흘러
하얀 세상 위에서

사랑의
꽃으로
피어난다

그래

나는 참 그래
그 마음이 고맙고 고맙고 그래
그게 너라서 그래

참 나는 그래
마음이 고맙고
고맙고 그래
그게 너라서 그래

온

선물처럼 내게로 온

따뜻하게 내게로 온

전부같이 내게로 온

그 이름은

사랑이라

오

선물처럼 내게로
따뜻하게 내게로
전부같이 내게로
그 이름은
사랑이라~

오 오 오

이영 깨진다
그리고 쓴다

만남

기다리고
기다림 끝에
비가 온다

사무치고
사무침 끝에
비가 온다

비라도 내리지 않으면
견딜 수 없어
비가 온다

비오는 날
하늘의 사랑이
땅을 만나고 싶은 날이다

사랑하고
사랑함 끝에
하늘이 땅에 닿는다

기다리고
기다림 끝에
비가온다
사무치고
사무침 끝에
비가온다
비라도 내리지 않으면
견딜 수 없어
비가온다

만남

비 오는 날
하늘의 사랑이
땅을 만나고
싶은 날이다
사랑하고
사랑함 끝에
하늘이 땅에 닿는다

사랑을 받는다는 건

누군가의
사랑을 받는다는 건

그건
우주가 당신에게로 온 거예요

그처럼
사랑을 받는다는 건
경이로운 현재의 선물입니다

아무나 잊는다
그리고 쓴다

누군가의
사랑을 받는다는건
그건
우주가
당신에게로 와 끄덕이요
그처럼
사랑을 받는다는건
깊이 모은 하늘의 선물입니다

꽃같다 우리네

어느새 핀다
어느새 시든다
어느새 진다

또다시 필 수 없을 것 같았는데
또다시 봄이 오듯

어느새 다시 핀다

꽃 같다~
우리네
　　어느새 핀다~
　　어느새 시든다~
　　어느새 진다~
또다시 필수없을것같았는데
　또다시 봄이오듯 어느새 다시 핀다~——

이영애 찍다
그리고 쓰다

마음에 좋은 사람

생각하면
바라보면
함께하면

마음에 좋은 사람이 있습니다

당신에게
그런 사람이 있다면

당신은
그 사람을
사랑한다고 말해도 좋습니다

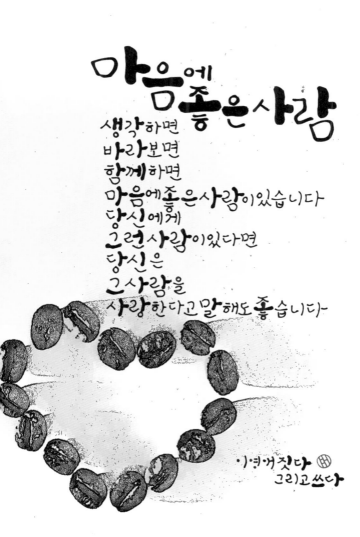

마음에 좋은 사람

생각하면
바라보면
함께하면
마음에좋은사람이있습니다
당신에게
그런사람이있다면
당신은
그사람을
사랑한다고말해도좋습니다

이영 꺼짓다
그리고쓰다

벚꽃이 피는 이유

벚꽃잎이 내린다

겨우내 사랑했던
눈꽃이 떠나간 자리에
벚꽃이 피었다

바람에 흔들려
벚꽃잎 하나 떨어지면

눈꽃이 꽃눈 되어 내리는
다시 찾아온 사랑일지도

눈꽃인 꽃눈 피어내리는 다시 찾아온 사랑 일지도

고맙다 1

회색빛 풍경 속에
찾아온 봄꽃
네가 고맙다

회색빛 마음 속에
다가온 사랑
네가 고맙다

회색빛 풍경속에
피어난 봄꽃
내게는
고맙다

회색빛 마음 속에
다가온 사랑
내게는
고맙다

이영 여자다
그리고 쓰다

곰인형

포근하다

우울하다 하니
나를 보고 웃어준다

쉬고 싶다 하니
보드레한 어깨를 내어준다

자고 싶다 하니
편안한 베개가 되어준다

포근하다

너에게
오늘을 내려 놓는다

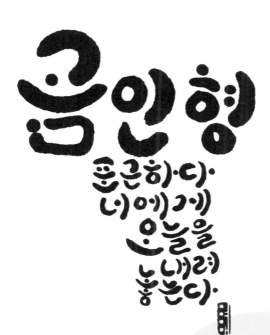

곰인형

둥근하·다·
너·에·게·
온늘을
내·려·
놓는다.

가을 하늘

겨울 지나
봄여름 지나

한 층 더 자란
더 짙은 감성 품은
바다 빛조차 시샘하는

가을 하늘

더 높아지고
더 여유로운
더 깊디 깊어진

가을 하늘에
구름 친구들이 모여든다

축제가
가을 하늘에서도 열린다

겨울지나
봄여름지나
한층더자란
더깊은감성품은
바다빛조차시샘하는

가을하늘

더높아지고
더여유로운
더깊디깊어진

가을하늘에 구름친구들이 모여든다
축제가
가을하늘에서도 열린다

이렇게 짓다 ㊂
그리고 쓴다

가로수

아침
출근길 옆 가로수

나란히
나란히
줄 맞춰 서서

손 흔들며 인사한다

잘 다녀와요
나 여기 있을게요

가로수

아침
출근길 옆 가로수
나란히
나란히
줄맞춰 서서
손흔들며 인사한다

잘다녀와요
나 여기 있을게요

이영애 칠다 ✦
그리고 쓰다

비가 자주 찾아온다

비가 자주 찾아온다

누군가의
그리움이 쌓여
그 무게를 이기지 못하는 순간
비가 되어 내리는 듯하다

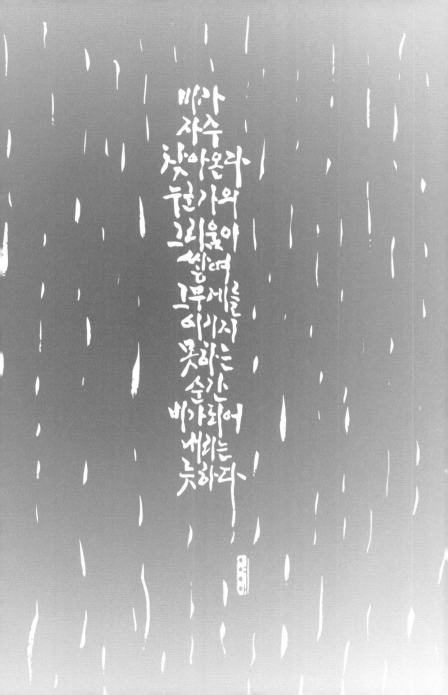

비가
자주
찾아온다
누군가와
그리움이
싶어
그무게를
이기지
못하는
순간
비가되어
내리는
듯하다 !

세상은 하나가 아니었다

세상은
하나인줄만 알았다

너를 만나

세상은
하나가 아니었음을 알았다

세상은 하나가 아니었다

세상은
하나인줄만 알았다

　　　너를 만나

세상은
하나가 아니었음을 알았다

그런 날이다 1

강물을 바라봐도
눈물이 흐르는

거리를 걸어도
눈물을 감출 수 없는

꽃을 보아도
눈물을 멈출 수 없는

그런 날이다

가을을 바라보다도
눈물이 흐르는
거리를 거니는
눈물을 감출 수 없는
눈물을 보아도
눈물을 멈출 수 없는
그것뿐이다

이티 거짓다
그리고 쓰다

햇살 1

햇살이 쏟아지는 날에
창가에 앉아
가만히 눈을 감는다

눈을 감고도
보이는 사람이 있다면

지금 그 사람이
당신 안에 있습니다

햇살

이 쏟아지는 날에
창가에 앉아
가만히 눈을 감는다
눈을 감고도 보이는
사람이 있다면
지금 그 사람이
당신 안에 있습니다

이영애짓다 그리고 쓰다

선물은

나를 위해
준비한 너의 선물은

감동하는 나를
좋아하는 나를
기뻐하는 나를

담은
네 마음이야

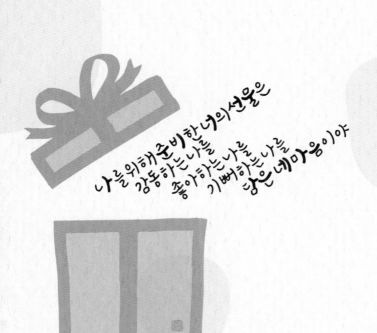

나를위해준비한너의선물은
감동하는나를
좋아하는나를
기뻐하는나를
담은 네마음이야

자몽 너는 참 달콤했구나

달콤하다

자몽은 설탕양을 만나
자기의 맛을 뽐내기라도 하듯
감춰진 달콤함을 마음껏 드러내어주네

자몽 너는
참 달콤했구나

달콤하다

쓴맛은
설탕양념을
만나
쓴기의
맛을
뽑아버리려는
하듯
감춰진
달콤함을
마음껏
드러내어주네

자몽너는
참 달콤했구나

사랑한다는 것은

사랑한다는 것은
닿는다는 것이다

목소리에 닿고

눈빛에 닿고

살갗에 닿고

그리고

마음에 닿는 것이다

사랑한다는것은
닿는다는것이다
목소리에
눈빛에
살갗에
닿고
그리고
마음에 닿는
것이다

처음 아이

처음 아이는 설레었지
처음 아이는 꿈꾸었지

마침내

처음 아이는 이루었지
처음 아이는 행복했지

처음아이는
설레였지
처음아이는
꿈꾸었지
마침내
처음아이는
이루었지
처음아이는
행복했지

이랑이어졌다
그리고쓰다

좋은

좋은 날

좋은 너

그래서

좋은 나

좋은날

좋은너

그래서

좋은나

봄 1

따뜻한 그 사랑을 봅니다

멈추는 나를 봅니다

사랑에 빠진 나를 봅니다

꿈

따뜻한 그 사랑을 봅니다~
멈추는 나를 봅니다~
사랑에 빠진 나를 봅니다~

눈물

사랑하니까 따라오는 것이 있습니다

.
.
.
.
.

눈
물

사랑 하니까
따라오는 것이있습니다
눈물~···

아침 문자 인사 1

햇살처럼 따뜻하고
바람처럼 부드러운

사랑

행복한 지금
행복한 순간
행복한 하루

보내요

햇살처럼따뜻하고바람처럼부드러운

사랑

행복한지금
행복한순간
행복한하루
보내요 ♥

그런 날이다 2

스피커에서 흘러나오는
밝은 음악에도
우울해지는

날도 흐린
맘도 흐린

그런 날이다

스피커에서
울려나오는
밝은 음악에도
우울해지는
밤도 흐린
맘도 흐린
그런밤이다

이인 배경난 ㉑
그리고쓰다

이렇게니는 좋다

함께라서
함께니까
함께라면
함께여서
함께이면

이령이 여잡다 그리고 쓰다

함께라서

함께라서
함께니까
함께라면
함께여서
함께이면

이렇게나
좋다

Part

02

꿈을 걸어 둔 날

신난다

꿈을 걸어두고 보니
마냥 신난다

조금만 거기서 기다려

얼마 지나지 않아
내가 따 올게

걸어 둔 꿈을 보고
오늘이 즐겁다

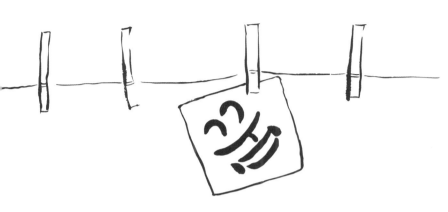

걸어둔
을보고
오늘이
꺄르르
즐겁다

마음이 묻어난다

감추고
감추려 해도
감출 수 없어

자꾸만
묻어납니다

어쩔 수 없는 마음인가 봅니다

감추고
감추려해도
감출수없어
자꾸만
묻어납니다.
어쩔수없는
마음인가봅니다.

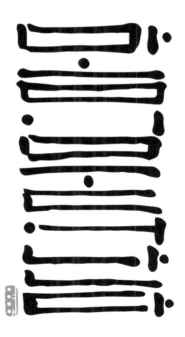

기대해볼래

잘 해낼 수 있을지
어떻게 해 나가야 할지

고민되는 거야?

아니

고민하기보다 기대해볼래

와

멋있다
어떻게 그렇게 멋있는 거야

잘 해낼 수 있을지
어떻게 해나가야 안할지
고민되는 거야?

아니
고민하기보다
기대해볼래

왜
멋있다
어떻게 그렇게 멋있는 거야

이흥애진다 그리고 쓰다

햇살 2

햇살
좋다

지그시 눈을 감는다
어깨에 머리를 기대어 본다
미소가 머금어진다

너른 들
가벼운 몸짓
춤추는 어린 소녀가 보인다

어찌 그리 행복해 보일까

햇살품다
지그시눈을감는다
어깨에머리를기대어본다
미소가머금어진다
너는늘

가벼운몸짓
춤추는어린소녀가보인다
어쩌그리
행복해보일까

이번에그리다 ⊗
그리고쓰다

보고 싶어

바쁜 일상 속에도
보고 싶어

보고 있어도
보고 싶어

헤어지자마자
보고 싶어

보고 싶은 마음만
가득가득해

우린
언제 볼 수 있는거야?

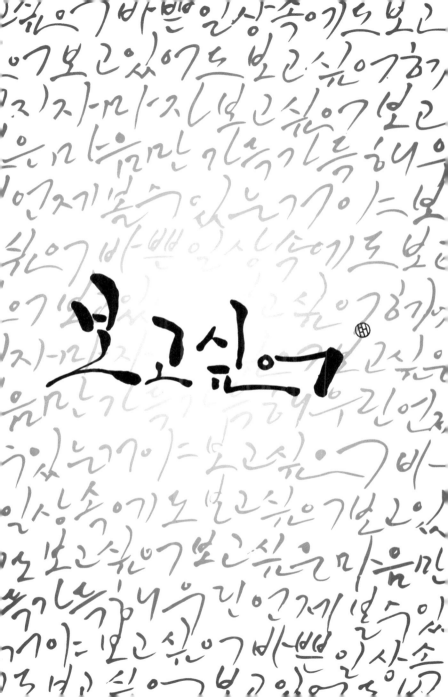

당부

누구나 처음은 있어

두려운 처음
실수하는 처음

앞에 선 너는

도전하는 처음

앞에 선 거야

그런 너를
아낌없이 칭찬하면 되는 거야

누구나
처음은있어

두려운처음

실수하는처음
앞에선

너는
도전하는처음
앞에선거야——

그런너를

아낌없이

칭찬하면되는거야——

당부

좋은 날

좋은 날
그 사랑을 처음 만난 날

좋은 날
그 사랑이 마음에 온 날

좋은 날
그 사랑에게 닿은 날

그리고

함께 한 순간순간은

모두 다
좋은 날

좋은날

함께한
순간순간은
모두다
좋은날

첫눈 오는 날

함께 보는 첫눈이
첫눈 오는 날이다

이곳에서
그곳에서

같은 시간
첫눈을 맞는다

그리고

첫눈이 살포시
내려앉을 수 있도록
서로의 팔을 내어준다

.
.
.

모른 척
내려앉은 첫눈처럼
사랑이 그렇게 내려 앉는다

첫눈 오는 날

함께보는 첫눈이
첫눈 오는 날이다
이곳에서
그곳에서
같은 시간
첫눈을 맞는다
그리고
첫눈이 살포시
내려앉을 수 있도록
서로의 팔을 내어준다

:

모른 척
내려앉은
첫눈처럼
사랑이 그렇게
내려앉는다

이영애 짓다
그리고 쓰다

마음자리

마음자리에
오직 한 사랑만이 가득하다

어디를 가도
무엇을 해도
누구를 봐도

오직 한 사랑만이 가득하다
마음자리에

오직
한 사랑만이
가득하다
마음자리에

꿈결과 잠결 사이

꿈결인지
잠결인지

그 사이의 만남은

눈을 뜨면
신기루처럼 사라지고

또다시

.

.

.

그립다

끝결인지
잠결인지
그 사이의
만남은
눈을 뜨면
신기루처럼
사라지고
또 다시
그립다

이렇게짓다 ㊉
　그리고 쓴다

겨울나무

다 떨어트렸구나

이제 홀가분한 거니
처량히 혼자이고 싶은 거니

그 시간이 오래지 않았으면 해

여기서 기다리고 있을게
다시 돌아올 너를

예쁜색으로 단장한 너를
푸르름으로 당당한 너를
바람도 새도 쉬어가갈 수 있는 넉넉한 마음 가진 너를

여기서 기다리고 있을게
다시 돌아올 너를

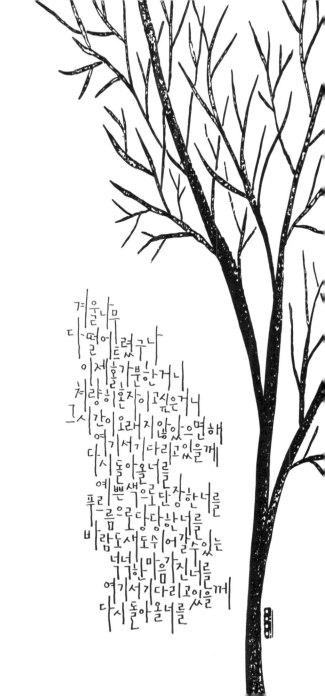

겨울나무
다 떨어뜨렸구나
이제홀가분한거니
처량히혼자이고싶은거니
그시간이오래지않았으면해
여기서기다리고있을께
다시돌아올너를
예쁜색으로단장한너를
푸르름으로당당한너를
바람도새도쉬어갈수있는
넉넉한마음가진너를
여기서기다리고있을께
다시돌아올너를

그 사랑의 손을 잡으면

그 사랑의
손을 잡으면
걷는 곳마다 꽃길입니다

그 사랑의
손을 잡으면
마음까지 따뜻합니다

그리고

그 사랑의
손을 잡으면
내 마음은 행복합니다

꽃길

그 사랑의
손을 잡으면
걷는곳마다
입니다

감춰진 하늘을 봅니다

감춰진 하늘을 봅니다

그래도
감춰지지 않는 것이 있습니다

그것은
그 사랑을 향한 그리움입니다

감추진
하늘을 봅니다
그래도
감추지지
않는 것이 있습니다
그것은
그 사랑을 향한
그리움입니다

시간의 착각 아래

기다림 아래
하루가 백년 같습니다

함께함 아래
하루가 일분 같습니다

시간의 착각 아래
사랑이 자라고 있습니다

이영애지다 그리고 쓰다

시간의 착각아래

기다림아래
하루가백년같습니다
함께함아래
하루가일분같습니다
시간의착각아래
사랑이자라고있습니다

크리스마스 이브는 이런 날이다

사랑하는 사람과
설레임 가득 안고 만나고픈

사랑하는 사람과
따뜻하고 달콤한 음식을 나누고픈

사랑하는 사람과
시간가는 줄 모르고 이야기하고픈

사랑하는 사람과
마주 보며 웃음꽃 활짝 피우고픈

사랑하는 사람과
음악이 흐르는 거리를 손잡고 걷고픈

사랑하는 사람과
소프트 아이스크림이 닿는 듯한 입맞춤을 하고픈

.
.
.

크리스마스 이브는 이런 날이다

크리스마스이브는
이런날이다사랑하는
사람과설레임가득안고
만나고픈따뜻하고달콤한
음식을나누고픈시간가는줄모르고
이야기하고픈따주보며웃음꽃활짝
피우고픈음악이흐르는거리를손잡고♥
걷고픈소프트아이스크림이창는듯한
입맞춤을하고픈크리스마스이브는이런날이다

별 둘

별 하나
잘 있을까

별 둘
잘 지낼까

별 하나
지금 뭐 하고 있을까

별 둘
이 시간 뭐 하고 있을까

별 하나
우린 만날 수 있을까

별 둘
우린 닿을 수 있을까

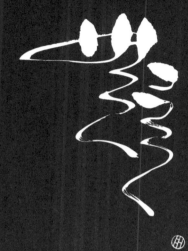

별하나잘있을까별룰잘지냈까별
하나지금뭐하고있을까별룰이시
간뭐하고있을까별하나 수진만날
수있을까별룰수진담을수있을까

때로는 감정이 없으면 합니다

세찬 파도에 부딪혀도
아프지 않는 바위였으면

누군가에게 밟혀도
숨 막히지 않는 흙이였으면

누군가에게 던져져도
아무렇지 않은 돌멩이였으면

때로는 감정이 없으면 합니다

다른 표현을 더할 수 없는 말

그 어떠한
다른 표현도
더할 수 없는 말이 있습니다

.
.
.

고마워요
그대여서

고마워요 그대여서

살다 마주하는 벽

슬퍼하지 않아도
원망하지 않아도
후회하지 않아도

살다 벽을 마주하면

잠시
쉬어가면
그뿐인 것을

살다
벽을 마주하면

벽

잠시
쉬어가면
그뿐인것을

터널

터널 앞에서
주저하지 않음은
그 끝이 있음을 알고 있기 때문이다

터널 안으로
들어갈 수 있음은
그 밖으로 나갈 수 있다는 믿음 때문이다

터널 속 어둠이
두렵지 않음은
그 끝에서 빛을 볼 수 있다는 기대 때문이다

.
.
.

터널 끝에서
기다리겠습니다

터널 끝에서 기다리겠습니다

터널 끝에서 기다리겠습니다

부탁

거리를 쓸고 있는
한 사람이 보인다

그 사람에게
부탁해본다

상처.
아픔.

이것도
쓸어가주세요

아름다웠다 ⊕
그리고 쓰다

거리를 쓸고있는
한사람이보인다—
그사람에게 부탁 해본다—

상처.
아픔.

이것도 쓸어가주세요——

슬픈 기도

있는 곳에서
많이 웃어야 해

있는 곳에서
더 많이 행복해야 해

외면하지 않았으면

가끔 불행이
얼굴을 내밀어도

곁에 있는 행복을
외면하지 않았으면

외면하지 않았으면 행복

가끔불행이얼굴을내밀어도길에있는행복을외면하지않았으면

무조건 행복해지는 행법

제1조 같은 곳을 바라본다
제2조 따뜻하게 손을 잡는다
제3조 아낌없이 사랑한다
제4조 서로를 존중한다

무조건행복해지는 행법

제1조 같은 곳을 바라본다
제2조 따뜻하게 손을 잡는다
제3조 아낌없이 사랑한다
제4조 서로를 존중한다

아무것도 아닌 것들의 아름다움

나는
당신이
아무것도 아닌 것들의
아름다움을 알아차릴 수 있는
마음의 여유를 품은 눈을 가졌으면 합니다

늘 곁에 있었던
아무것도 아닌 것들이
얼마나 아름답고 소중한지
이제는 알아봐주었으면 합니다

바쁘게 앞만 보고
더 높이 위만 보고
달려가기만 했으니

이제는 아무것도 아닌 것들을
한 번쯤 바라보아도 된다고 생각합니다

아무것도 아닌 것들도
그 존재 자체로 아름답습니다

아무것도
아닌것들의
아름다움

이제는아무것도아닌것들을
한번쯤바라봇아도된다고생각합니다
아무것도아닌것들도
그존재자체로아름답습니다

갈등

생각이 비아냥거린다
마음이 주눅 들어간다

생각이 늦었다고 한다
마음이 지금 시작하면 안 될까 한다

생각이 할 수 없다 한다
마음이 하고 싶어 한다

생각과 마음이 다툰다

넌 누구 편을 들어줄래?

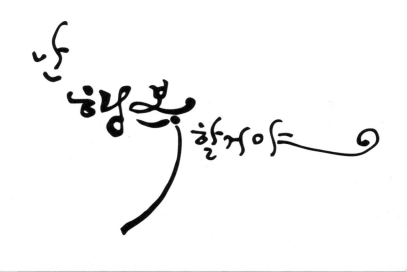

난 행복할거야

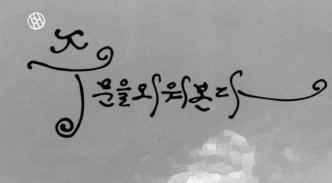

꽃은 웃의 위혼다

주문

주문을 외워본다

난 괜찮을 거야
난 좋아질 거야
난 나아갈 거야
난 사랑할 거야
난 행복할 거야

오늘도
주문을 외워본다

지금은

지금은
꿈꾸기에
딱 좋은 때입니다

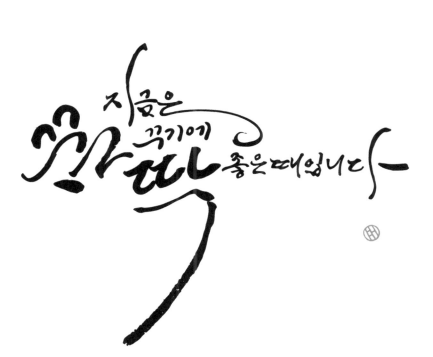

지금은
꼭지에
꽃 따 좋은 때입니다

문득

문득
생각이 든다

나는
나를
지극히
사랑한다

나는
나를
제대로
사랑하고 있는 걸까

?

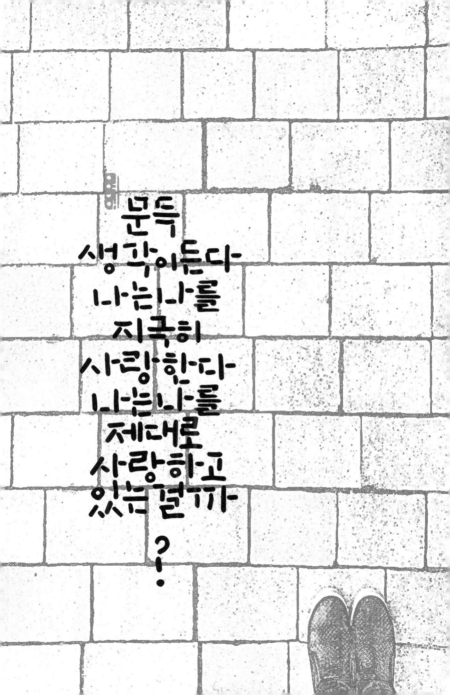

혼자

다른 누구도 아닌
나를 봐주기를 원했던

혼자

힘들었지
외로웠지
쓸쓸했지

혼자

고마워
잘 견뎌줘서

사랑해
충분히 소중한 너니까

혼자

그마나오기
잘견디주거서
사랑보다
충분히소중한거니까

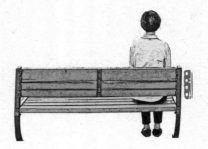

강물을 가두고 싶다

난 여기 서서
한 발짝도 못 움직이고 있는데

강물 너는
흐르고 싶은 그곳으로
흘러가는구나

괜스레
심통이 난다

강물 너를
가두고 싶다

강물을 가두고 싶다

난 여기서서
한 발짝도 못 움직이고 있는데
강물 너는 흐르고 싶은 그곳으로
흘러가는구나

괜스레 심통이 난다

강물 너를 가두고 싶다

아이가 버지다
그리고 쓰다

특별한 나

밤하늘의 별들이 똑같지 않은 것처럼

우주 안에서 유일한 나
지금 이대로 특별한 나

사랑할 이유
충분하지

특별한 나

밤하늘의
별들이 똑같지 않은 것처럼

우주 안에서
유일한 나

지금 이대로
특별한 나

사랑할 이유
충분하지

길풀

찻길과 사람길 사이
이름 모를 길풀

온몸을 바람에 동이고
애처롭게 떨고 있다

너 거기 있는지
아무도 몰라
허리 휘어지도록 떨고 있는 거니?

너 스쳐만 지나가
그토록 몸부림치고 있는 거니?

나랑 같네

나 여기 있는지 모르고
나 스쳐가기만 해

길풀

나랑같네
나여기있는지모르고
나스쳐가기만해

밤 산책 풍경

시원한 바람이 좋다

그리운 이에게 사랑한다는 말
스치는 바람에게 전해볼까

밤하늘 별들이 좋다

하나, 둘, 셋 간직하고 있는 꿈이 있다는 말
어둠을 비추는 저 별에게 건네볼까

속삭이는 새울음 소리가 좋다

누구에게도 하지 못한 말
저 새들과 나눠볼까

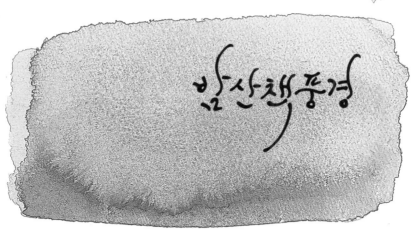

밤산책풍경

시원한바람이좋다

그리운이에게
사랑한다는말
스치는바람에게
전해볼까

밤하늘별들이좋다
하나둘셋간직하고있는
꿈이있다는말
어둠을비추는저별에게
건네볼까

속삭이는새울음소리가좋다
누구에게도
하지못한말
저새들과
나눠볼까

이슬이여짓다
그리오쓰다

그럼에도 불구하고 기도합니다

부족한 것 많아
해준 것도 없는 나지만

불만 불평으로 볼멘소리만
늘어놓는 나지만

받는 것에 익숙해
주는 것에 서툰 나지만

당신의 사랑받고 싶어

그럼에도 불구하고
기도합니다

부족한것많아
해준것도없는나지만
불만불평으로
볼멘소리만늘어놓는나지만
받는것에익숙하여
주는것에서툰나지만

당신의 사랑 받고싶어
그럼에도불구하고 기도합니다

이시켜진다
그리고쓴다

사물에 비유한 '나'

나를 사물에 비유하면 물이다

물은 어떤 모양을 만나든
그 모양 따라 담겨지기 때문이다

나도 어떤 모양을 만날지라도
그 모양 따라 담겨지려 하고
그 모양 따라 담겨지려 한다

.
.
.

그래서
그 힘듦이 삶의 무게로
그렇게 무거웠나 보다

모양 밖으로 흘러나오면
조금은 가벼워질 수 있겠다는 생각을
처음으로 해본다

흘러나오는 나를
흘러가는 대로 놔두고 싶다

물

흘러가는대로
자두고 싶다

시간은 알고 있을까

시간은 알고 있을까
내가 가고 싶은 그곳

시간은 알고 있을까
내가 그리워하는 그곳

시간은 나를 어디에 데려다 놓을까

시간은 알고 있을까—

시간은 알고 있을까—
내가 가고 싶은 그곳
시간은 알고 있을까—
내가 그리워하는 그곳
시간은 나를 어디에 데려다 놓을까—

선택의 기준

이미 지나간 것을
선택 못해 슬퍼하지 않았으면

아직 오직 않은 것을
선택하려 애쓰지 않았으면

온전히

지금 닿을 수 있는 것을
기쁨으로 선택하기를

네가
선택할 때 그 기준은

내가
행복할까

그것만
생각하기를

네가
선택할때그기준은
내가
행복할까
그것만생각하기를

선택의 기준

나만큼 일까

밤 하늘 별이 그립다 한다
나만큼 일까

낮 하늘 구름이 보고 싶다 한다
나만큼 일까

새가 더 높이 날고 싶다 한다
나만큼 일까

바람이 더 멀리 가고 싶다 한다
나만큼 일까

그 무엇인들
나만큼 일까

밤하늘 별이 그립다 한다
나만큼일까

낮하늘 구름이 보고싶다 한다
나만큼일까 한다

새가 더높이 날고싶다 한다
나만큼일까

바람이 더멀리 가고싶다 한다
나만큼일까

그 무엇인들
나만큼일까

아파했다
그리고 쓴다

하늘이 대신 운다

비가 온다

어찌 알았을까

하늘이 내 마음을 대신한다

.

.

.

걱정 말아요

오늘은 안 울어요

하늘이 대신 울고 있으니까요

하늘이대신운다

비가온다
어찌알았을까
하늘이내마음을대신한다

⋮

걱정말아요
오늘은안울어요
하늘이대신울고있으니까요

이렇게짓다
그리고쓰다

문 앞에 선 나에게

문을 바라보기만
문 앞에서 망설이기만
문을 여는 누군가를 부러워하기만
하지 않았으면 해

너도 문 앞으로 가까이 갈 수 있어
너도 문의 손잡이를 잡을 수 있어
너도 문을 열고 들어갈 자격이 있어

결코
네가 아닌
다른 누군가에게만 허락된 것이 아니야

네가
문을 열었을 때
만나게 될 그것만 생각하면 되는 거야

할 수 있지?

문을 열어주세요

나가문을 열었으면 어떻만나지 못할 것만 생각하면 되는구야.

고장

방금 전
보고
뒤돌아서니
모습이 흐릿하다

방금 전
듣고
뒤돌아서니
목소리가 희미하다

무언가
고장 난 게 분명하다

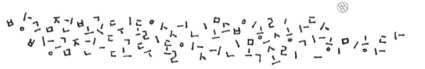

바람 너는

바람 너는

꽃을 피게도 할 수 있고
꽃을 지게도 할 수 있구나

바람 너는

그 어디로 가고 싶을 때 가고
그 어디로 떠나고 싶을 때 떠나는구나

바람 너는
자유로운 영혼을 가졌구나

바람 너처럼
그렇게 살 수는 없을까

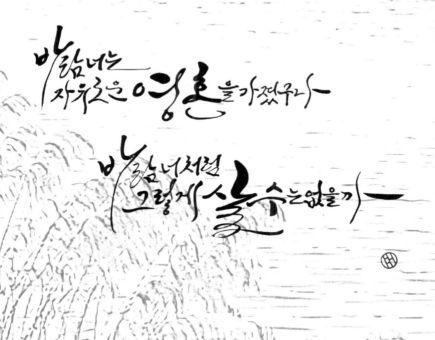

바람나는
자유로운 영혼을 가졌구나

바람나서처럼
그렇게 살 수는 없을까

거울 속 나에게

오늘도 고생했어
발에 맞지 않는 신발을 신고 다니느라
발뒤꿈치가 벗겨진 지도 모른 채

오늘도 힘들었지
다른 사람에게 인정받기 위해 애쓰느라
내가 나를 인정하면 그만인데

오늘도 답답했지
겉으로 웃음 지어 보여야 하는 시간들로
우울한 날 우울한 대로 있고 싶은데

근데

행복하지 않다면
내려놓아도 돼

거울 속 나에게

오늘도 고생했어
발에 맞지 않는 신발을 신고 다니느라
발뒤꿈치가 벗겨진지도 모른 채
오늘도 힘들었지
다른 사람에게 인정받기 위해 애쓰느라
내가 나를 인정하면 그만인데
오늘도 답답했지
겉으로 웃음 지어 보여야 하는 시간들로
우울한 날 우울한 대로 있고 싶은데
근데
행복하지 않다면
내려놓아도 돼

이영애짓다 ✿
그리고 쓰다

꽃나무

피었다
알고 있었어
이렇듯 예쁘게 피어날 너를

풍성하다
행복하구나
너를 찾아주는 많은 이들과 지내는 너는

떨어진다
쉬고 싶구나
쉼 없이 나눔 하느라 지쳐만 가는 너는

앙상하다
울고 싶구나
아무도 찾지 않아 외로움을 참아야 하는 너는

.
.
.

피었다
알고 있었어
이렇듯 예쁘게 다시 피어날 너를

헤어진
아픔이 있어
이렇듯이 배게
다시 피어납니다

시간

왜 이렇게 빠른 거야

넌

어떻게 그렇게 냉정한 거야
어떻게 그렇게 이성적이야
어떻게 그렇게 성실한 거야

하지만
나도 알아

너를 인정해야 한다는 걸

그래서
이제 너와
잘 지내보려고 해

내가 널
이해한다고 하니
너도 한시름 놓겠구나

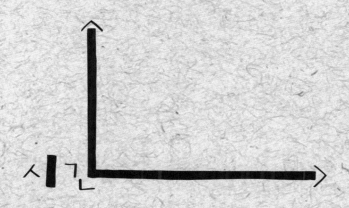

시간

왜이렇게빠른거야**년**어떻게그렇게**냉정**한거야어떻게
그렇게**이성**적이야어떻게그렇게**성실**한거야하지만
나도알아**너를인정**해야한다는걸그래서이제**너**와**잘**
지내보려고해내가**널이해**한다고하니**너**도한시름놓겠구나

강물처럼 흐르고 싶다

강물이 흐른다

가끔 바위를 만나면
당황하지 않고
부드럽게
잘 있으라는 인사를 전한다

가끔 낭떠러지를 만나면
큰 숨 한번 내쉬고
낙하 비행을 즐긴다

가끔 좁은 물길을 만나면
앞만 보고 달려왔다며
천천히 쉬어간다

마침내

기다리던
바다를 만나면
긴 강물의 여행길은
환희의 순간을 맞는다

강물 너처럼 흐르고 싶다

가을
여우 너처럼
흐르고 싶다 ⊕

아침 문자인사 2

그대 시선 머무는 그곳은

따뜻했음 좋겠습니다
행복했음 좋겠습니다

그대이기에

그대시선

마뜻했음좋겠습니다

머무는

행복했음좋겠습니다

그곳은

그대이기에

고백

고맙습니다
행복합니다
사랑합니다

고백하는 언어에
서툴지 않는 너가 되는

고백

고맙습니다
행복합니다
사랑합니다
고백하는연인이기
서툴지않는너가되는

ctrl z

인생에는

같은 실수를
ctrl c
ctrl v

같은 도전을
ctrl c
ctrl v

할 수 있어도

실수 안 한 때로
도전 안 한 때로

ctrl z 할 수는 없다

ctrl z

인생에는
같은 실수를
ctrl c
ctrl v
같은 도전을
ctrl c
ctrl v
할 수 있어도
실수 안 한 때로
도전 안 한 때로
ctrl z
할 수는 없다

이응애짓다 ⊕
그리고 쓰다

축하해

축하해
오늘을 가졌구나
하고 싶은 거 하면 돼

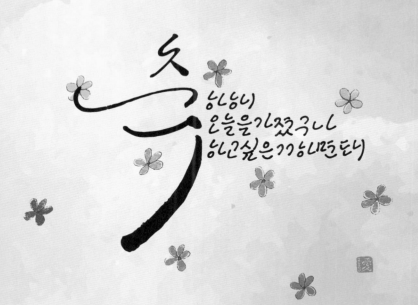

꿈

낭낭니
오늘은가졋구나
하고싶은꺼하니또되니

미안해

미안해

그래
결심했어
오늘은 나랑 놀아줘야겠다

이금
말해주지 그랬어

널 혼자 두는 게 아니었어
이제 내가 나를 안아줘야겠다

미안하니
그래
결심했어
오늘은
나랑
놀아주지않겠니
이금
말해주지
그랬어
널
혼자
두는거
아니었어
이제기
내가
나를
안아주지않겠니

넌 잘하고 있어

의심하지도
불안해하지도
않았으면 해

넌
지금
충분히 잘하고 있어

넌 잘하고있어

의심하지도
불안해하지도
않았으면해
넌지금
충분히잘하고있어

아껴여짓다
그리고쓰다

나에게로 떠나는 여행

나를 찾고 싶은 나
이제는 떠나도 괜찮아

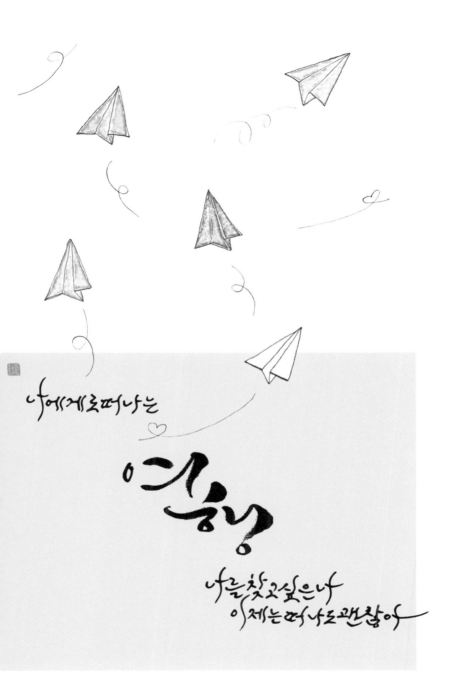

나에게로떠나는

여행

나를찾고싶은나
이제는떠나도괜찮아

구름의 언어

어두운 곳에 있지 않기를
내가 너를 비춰줄게

혼자 울지 않기를
내가 같이 울어줄게

아픈 기억들로 힘들지 않기를
내가 하얗게 지워줄게

지금 그대로 소중한 너를
내가 지켜줄게

구름의 선녀

어두운 곳에 있지 않기를
내가 너를 비춰줄게

혼자 울지 않기를
내가 갈 거운 거 줄게

아픈 기억들로 힘들지 않기를
내가 하얗게 지워줄게

지금 그대로 소중한 너를
내가 지켜줄게

이영애 짓다
그리고 쓴다

오늘도 사랑하기 바쁘다

오늘도 사랑하기 바쁘다

늦은 아침 부스스 일어난 나
오래간만에 쉬는 날 세수하기 싫은 나
그냥 대충 떼우고 싶어 라면 끓이는 나
특별히 하고 싶은 게 없어 티브이 보는 나
나가고 싶어 하는 댕댕이랑 산책하는 나
오랜 친구와 전화 수다로 시간 가는 줄 모르는 나
지난밤 찬 공기에 살짝 목감기로 기침하는 나
내일 발표할 프레젠테이션 준비가 어설픈 나

오늘도 나는
나를 사랑하기 바쁘다

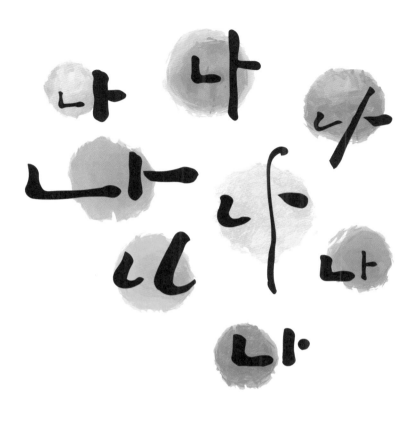

오늘도 나는
나를 사랑하기
바쁘다

사랑

자몽 愛 빠지다

괜찮아
눈길 받을 만큼 예쁘지 않다 해도

괜찮아
아픈 상처로 흠이 있다 해도

괜찮아
쓰디쓴 기억 하나쯤 가지고 있다 해도

괜찮아
내가 널 사랑하니까

사랑 愛 빠지다

괜찮아-
눈길 받을 만큼 예쁘지 않다-해도
괜찮아-
아픈 상처로 흠이 있다-해도
괜찮아-
쓰디쓴 기억하나-쌓여지고 있다-해도
괜찮아-
내가-널 사랑하니까

이렇게 짓다
그리고 쓴다

웃음

생각하면
자꾸만 웃음이 납니다

아마도
사랑하나 봅니다

웃음

생각합니다
지금까지
웃음이랍니다
아마도
사랑합니다

나능이첫다
그리고쓴다

꽃으로 대한다

꽃잎 하나 떨어질라
살며시

목이 말라 시들할라
촉촉이

포근한 눈빛으로
따사로이

사랑하니
꽃으로 대한다

꽃잎 하나 떨어지라라 살며시
목이 말라서는 힘라 촉촉이
조촐한 눈빛으로 다사로이
사랑하리 꽃으로 대한다

으로 대한다

이별해진다 ⊕
그리고 쓴다

해님의 사랑

해님
당신은 누구를
그토록 사랑하고 있나요

해님
당신의 마음을
감추려 산 뒤에 숨어도 소용없어요

해님
당신의 누군가를 향한 사랑빛이
이미 붉게 타오르고 있음을 알아버렸으니까요

해님
당신의 마음에 품은 사랑을
이제 따뜻하게 비춰주세요

해님
당신이 사랑하는
그 누군가가 너무 오래 기다리지 않도록

해님 당신의 마음에 품은 사랑을

해님의 사랑

이제 따뜻하게 비춰주세요

고맙다 2

작은 기침 소리에
동그란 눈으로
걱정하는

별일 아닌 얘기에
초승달 눈으로
웃어주는

그 사랑이
고맙다

작은기침소리에
동그란눈으로
걱정하는
별일아닌얘기에
초승달눈으로
웃어주는
그사랑이
고맙다

고맙다

쌓인다

기억이
쌓인다

사랑이
깊어진다

쌓인다

기억이 쌓인다
사랑이 깊어진다

그리고

오늘도
그리고 있습니다

그 사랑을

오늘도
그리고
그리고
있습니다

닳고 싶기에

그리고

오늘도
그리고
있습니다
그 사랑을
오늘도
그리고
그리고
있습니다
닮고 싶기에

닮았다, 봄

언제 온 거야
어디에 있다 온 거야
왜 이제 온 거야

찾았다, 봄

닮았다, 봄

사랑 너랑

닮았다 音 사랑너랑

그 사랑이

그 사랑이
힘든 건 싫다

그 사랑이
아픈 건 싫다

괜찮다

잠시
외로움을 참으면 된다

잠시
쓸쓸함을 견디면 된다

그 사랑이
   힘든 건 싫다
그 사랑이
   아픈 건 싫다
괜찮다
   잠시
외로움을 참으면 된다
   잠시
쓸쓸함을 견디면 된다

이제는

이제는
있는 그대로

기쁨인 그대
소중한 그대
행복한 그대

사랑하기에

이제는
있는그대로
기쁨인
소중한
행복한
그대
사랑하기에

봄 2

언제나
봄날 같기를
소원해 봄

언제나
한결 같기를
기도해 봄

언제나
행복하기를
바람해 봄

내게 찾아온
사랑이기에

언제나
봄날같기를
소원해 봄

언제나
한결같기를
기도해 봄

언제나
행복하기를
바람해 봄

내게찾아온
사랑이기에

엄마의 사랑 언어

엄마는 그랬다
자식에게 미안하고 미안해서
당신이 할 수 있는 모든 걸 해주고 싶다고

그리고
이렇게 말씀하신다

내가 해줄 수 있는 게 이것밖에 없다

엄마는
자식이 목마르다고 하면
당신 몸 안에 있는 물이라도 다 퍼내어주려고 한다
당신 몸이 마르고 말라 주름이 깊어 가는지도 모른 채

내가 해줄 수 있는 게 이것밖에 없다

그것은
당신이 표현할 수 있는 사랑의 전부다

엄마는
자식이 목마르다고 하면
당신 몸 안에 있는 물이라도
당신 다 퍼내어 주려고 한다
몸이 마르고 말라
주름이 깊어 가는지도 모른 채

내가 해 줄 수 있는 게 이것밖에 없다

그것은 당신이 표현할 수 있는
사랑의 전부다

이렁애짓다
그리고 쓰다

맑음 하늘

맑음 하늘을 보면 그 사랑이 그려집니다

그래서
미소짓습니다

그래서
따뜻합니다

그래서
행복합니다

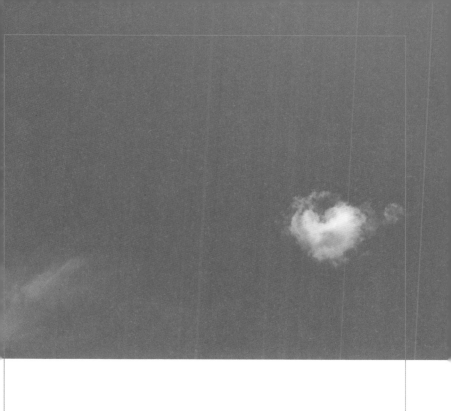

맑은하늘을 보면 그 사랑이, 그려집니다~

욕심

이슬이 사라지는 건
햇빛 너의 욕심 때문이야

사랑한다는 이유로
이슬을 가지려고 하니까
사라지는 거야

사랑은
가지는 것이 아니라
아껴주는 거야

욕심

이슬이사라지는건
햇빛녀의욕심때문이야
널사랑한다는이유로
이슬을가지려고하니까
그사라지는거야
사랑은가지는것이아니라
아껴주는거야

이녀애짓다
그리고쓴다

틈이 없다

이렇게 틈이 없을 수 있을까

사랑은
틈이 없다

숨 쉬는 순간순간에도

사랑은
틈이 없다

틈이 있다
이렇게 수많은 틈이 있었을까
사랑은 틈이다
숨 쉬는 순간순간에도
사랑은 틈이다

하늘표정

하늘은 오늘도 맑은 표정으로
누군가 바라봐주기를 기다리며
예쁜 색으로
예쁜 빛으로 발한다

하늘은 가끔씩 지치고 지쳐서
우울한 표정을 하거나
하염없이 눈물을 흘린다

하늘은 당신이 바라보는 그 시간의 기대로
다시 해맑은 표정을 지어 보인다

하늘이 용기를 가지고
다시 맑은 표정 지을 때
따뜻한 미소로 바라보기를 바란다

당신은 바라보기만 했을 뿐이지만
하늘은 행복한 마음을 감출 수가 없어
더 예쁜 색으로
더 예쁜 빛으로 발한다

이 하늘은 위에만 있지 않다

하늘은
오늘도
맑은 풍경으로

누군가
바라봐주기를
기다리며

예쁜색으로
예쁜빛으로말한다

행복해

그 사랑을 만나고
눈을 뜨는 아침이면 떠오른다

행복해

행복해

그 사랑을 만나고
눈을 뜨는 아침이면 떠오른다

하나된 사랑

왼쪽으로 사랑한다
오른쪽으로 사랑한다

.

.

.

하나된 사랑

또 하루

또 하루가
나에게 주어졌다

앞으로
또 하루가
얼마나 나에게 올지는 모르겠다

하지만
또 하루가
시작될 때마다
하루하루를 사랑으로 가득 채워나가고 싶다

그래서

마지막 하루에
세상에서 가장 행복하게 살았노라고 고백할 수 있도록

또 하루가
나에게
주어졌다
앞으로
또 하루가
얼마나 나에게
올지는 모르겠다
하지만
또 하루가
시작될 때마다
하루하루를
사랑으로 가득
채워 나가고 싶다
그래서
마지막 하루에
세상에서
가장 행복하게
살았노라고
고백할 수 있도록

궁금하다

궁금하다

오늘따라
궁금하다

어디에 있는지
누구를 만나는지
무엇을 하고 있는지

오늘따라
더없이 궁금하다

잘 있어주길 바라기에

궁금하다
오늘따라
궁금하다
어디에있는지
누구를만나는지
무엇을하고있는지
오늘따라
더없이궁금하다
잘 있어주길
바라기에

수평선은 하늘과 닿아있다

수평선은 하늘과 닿아있다

수평선이 하늘에
하늘이 수평선에

사랑하는
연인처럼

그렇게
영원히

하늘과 닿아있다

수평선은

수평선이 하늘에
하늘이 수평선에
사랑하는 연인처럼
그렇게 영원히

이별애짓다
그리고 쓰다

사랑의 흐름

길들여진다

익숙해진다

일부가 된다

그리고

또 하나의 내가 된다

사랑의 흐름

길들로 여전히
익숙해진다
일부가 된다
그리고
또 하나의 내가 된다

그대여서

고마워요
그대여서

행복해요
그대여서

사랑해요
그대여서

그대 여서

그만 취요
그대여서
행복해요
그대여서
사랑해요
그대여서

달의 사랑

내가 걸어가니
같이 걷는다

내가 멈추니
같이 멈춘다

달은 사랑을 알고 있는 듯하다

이렇게 걷다
그리고 쓴다

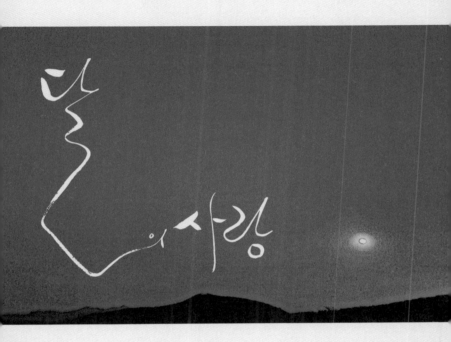

달
의 사랑

네가 걸어가니
같이 걷는다
네가 멈추니
같이 멈춘다
달은 사랑을
알고 있는 듯하다

사랑짓

눈짓 하나에
웃어주고

맘짓 하나에
들통나고

몸짓 하나에
감동하는

눈치챘다
사랑짓

사랑짓

눈짓 하나에 웃어주고

맘짓 하나에 들통나고

몸짓 하나에 감동하는

사랑짓 눈치챘다

사랑해도 돼요?

사랑해도 돼요?
라고 묻는다는 건

이미 사랑한다는 거예요

사랑이든 뭐든
라고 묻는다는건
이미 사랑한다는거죠

고맙다 3

다시
사랑할
용기가 생긴
네가 고맙다

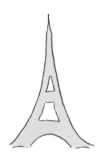

고맙다

다시사랑할용기가생긴네가고맙다

따뜻한울림

기세등등 더위가 사라지고 쌀쌀한 바람결이 옷깃을 여미게 만드는
계절이다. 어느 날 책장 한켠에 꽂힌 오래된 수첩을 꺼내 읽어 내
려가다 어느 해 가을날의 나를 다시 만났다.

내 '자아'는 무엇인가?
난 무엇을 하고 싶은 것일까?
내 능력으로 무엇을 할 수 있을까?

지금 난…
진퇴유곡의 상황에 처한 삶과 같다.
무지의 골짜기에서…
두려움의 골짜기에서…
갈 길을 못 찾고 헤매고 있다.

얼마나 어리석은가??

이제는…
누구보다도 나 '자신'을 사랑하고 싶다.

이제는…
나 '자신'을 사랑하는 삶 속에서
여유의 미소로 따뜻하게
세상을 바라보고 싶다.

똑같았다.

내가 일하는 곳을 찾는 이들이 나에게 하는 말을 똑같이 스스로에게 하고 있었다. 그 시절 나는 나를 사랑하는 방법을 몰라 헤매고 있는 모습을 보았다. 나를 찾고, 나를 사랑하며 세상에 따뜻한 울림이 되고 싶은 간절함이 느껴졌다.

'나는 나를 찾았다' 그리고 '사랑한다'라고 말하고 싶다.

그리고

이제는 시를 짓고 감성 캘리그라피로 표현한 이 책을 통해서 세상에 '따뜻한 울림'이 되고 싶다.

.

.

.

이 책을 읽고
당신이 위로를 받았다면
나는 당신에게 기적을 선물한 것이라고 생각하겠습니다.

누군가의
마음을 움직인다는 것은
우주를 움직이는 것과 같은 거니까요.

2020. 11. 11.

호얌캘리그라피 poemcalligrapher 이 강 나

이제는
있는 그대로
기쁨인
소중한
행복한
그대
사랑 하기에

그사랑
소중한때는
나는꽃비다
없어짐니다—

외면하지
않았으면
행복

가끔 불행이 얼굴을 내밀어도 길에 있는 행복을 외면하지 않았으면

지금은
꼭지에
깡따나 좋은때입니다~

추천글

시가 언어의 마술이라면 캘리그라피는 서체의 마술이다. 이를 동시에 표현하는 '언어와 서체의 마술사'가 바로 '포엠캘리그라퍼' 이영애 작가다. 사실 내가 알던 이영애 작가는 오랫동안 경력개발 분야에서 활동해 온 전문가인데 '포엠캘리그라퍼'라는 미지의 영역에 도전했다는 이야기를 듣고 깜짝 놀랄 수밖에 없었다. 직업을 연구하는 내가 창직(새로운 직종을 만드는 활동) 사례를 직접 목격하는 순간이 된 것이다.

본 책에 소개된 작품을 감상하다 보면 나의 오감이 다시 살아난다. 그 누구라도 때로는 길을 걷다 멈추고 주위를 보며 자연과 일상의 경이함과 소중함을 느낄 수 있는 시간이 필요하다. 이렇게 시간을 멈추고 시선을 바꾸며 얻게 된 영감을 그녀의 재능과 열정을 통해 시와 서체가 어우러진 작품으로 탄생한 것이 바로 「선물처럼 내게로 온 사랑이라」이다.

여러분이 본 책에 자신의 오감을 집중한다면 시간을 멈출 수 있는 마법을 배우게 될 뿐만 아니라 차갑고 건조했던 감성이 따뜻하고 촉촉해지는 신비한 경험을 하게 될 것이다.

_「제2의 직업」 저자 신상진

선물처럼
내게로 온 사랑이라

초판 인쇄일 2020년 11월 25일
초판 발행일 2020년 11월 30일

지은이 포엠캘리그라퍼 이영애
발행인 박정모
등록번호 제9-295호
발행처 도서출판 **혜지원**
주소 (10881) 경기도 파주시 회동길 445-4(문발동 638) 302호.
전화 031)955-9221~5 팩스 031)955-9220
홈페이지 www.hyejiwon.co.kr

기획 · 진행 박혜지
디자인 김보리
영업마케팅 황대일, 서지영
ISBN 978-89-8379-724-7
정가 13,500원

Copyright © 2020 by 포엠캘리그라퍼 이영애 All rights reserved.
No Part of this book may be reproduced or transmitted in any form,
by any means without the prior written permission on the publisher.

이 책은 저작권법에 의해 보호를 받는 저작물이므로 어떠한 형태의 무단 전재나 복제도 금합니다.
본문 중에 인용한 제품명은 각 개발사의 등록상표이며, 특허법과 저작권법 등에 의해 보호를 받고 있습니다.

이 도서의 국립중앙도서관 출판예정도서목록(CIP)은 서지정보유통지원시스템 홈페이지(http://seoji.nl.go.kr)와
국가자료종합목록 구축시스템(http://kolis-net.nl.go.kr)에서 이용하실 수 있습니다. (CIP제어번호 : CIP2020047587)